소리가 있어야 할 곳에 소리를 있게 하라

소리가
있어야 할 곳에
소리를
있게 하라

| 신상우 산문시집 |

푸른숲

거짓 없는 소망의 기록

슬쩍 지나가는 말로 떠보았더니 아내의 첫 마디가 공해
(公害)를 일으키지 말라고 했다.

힘빠지게 초장부터 김을 빼는 속내는 무엇이었을까.

첫째, 도무지 믿기지 않은 소리에 대한 반응이었고

둘째, 설혹 몇 편의 시를 끄적거렸다손 치더라도 혼자 간
직할 일이지 그걸 시집으로 묶어 남에게 내놓음으로써 자
칫 웃음거리가 될 수도 있다는 불안이었을 거다. 사실 허영
에서 오는 만용일지도 모른다는 걱정이 아직도 나를 움츠
리고 주저하게 만든다.

누구나 그러하듯이 나도 내가 들어선 영역에서 먼길을
걸어왔다.

그 발자국이 눈밭에 새겨져 있다면 비틀거리며 여기저기
흩어진 흔적이, 얼마나 많은 모순과 배리(背理)의 역정(歷
程)이었던가를 잘 보여주리라.

갈등하며 몸부림치게 했고 그때 그때마다 담아두었던 말들, 진실된 내면(內面)의 소리마저 마비시켰던 갖가지 부끄러움.

그러면서도 한 가닥 소망을 붙들고 짙은 어둠에서 불길로 남게 하려는 기도(祈禱), 갈래를 지우며 몰려오는 소리들을 처절하게 토하고 싶었다.

거짓 없는 소리로, 그래서 초라한 줄 알면서 출판사의 문을 두드렸다.

포근하게 맞아준 푸른숲에 고마움을 보낸다.

막바지에 교정까지 보아준 아내에게도, 그리고 너그럽게 읽어줄 모든 이에게도.

신 상 우

차 례

소리가 있어야 할 곳에 소리를 있게 하라

소리를 질러야 한다, 너는
아주 큰 소리로 외쳐야 한다
칠흑 같은 어둠 속
더듬이로 밝히는 길잡이
유령의 손짓이 두려우냐
까마귀떼의 울음이 두려우냐

너 하나 쓰러져
새벽길이 트이면
목쉰 음성에서
먼동이 트나니

무심코 핀 들꽃과
저 혼자 커간 나무도
묵묵히 돌아앉은 바위도
부딪히는 흙바람까지도

모두 외치고 싶은데

사람 목숨 갖고
살아온 우리가
어찌 입을 다물랴

침묵이 금일 수만은 없다
비겁일 수도
기회주의의 계산일 수도
무지의 상징일 수도
방조의 공범일 수도 있나니

오랜 침묵을 깨고
찢어진 깃발을 기워
민주주의 만세를 외치게 하라

너의 부르짖음이
나의 몸부림이
우리의 산천을 깨워
더덩실 춤사위로

돋아나리니

그래야
우리가 숨을 트고
이 땅이 살아나고
억울한 주검의
영혼이 다시 산다

소리가 있어야
할 곳에
소리를 있게 하라

섣달

I

12월은 설렌다
지고 새는 날들의 연속이지만
언제나
섣달은 설렌다

모두가 지친 걸음으로
여기까지 와서
살아 있다는 숨소리로 가쁘다
마감을 거부하고
출발을 예비하는 채비에
가슴이 뛴다
인연이 스친 사람들 보고 싶다
어디선가 날아올 것 같은
정다운 눈발의 엽서가 기다려진다

코트 깃을 올리고
걸어온 만큼 걸어가고 싶은
가로수 밑의 섣달
자선 냄비처럼
착해지는 마음으로
커튼을 걷고 싶다

Ⅱ

해마다 새해 아침이면
붓글씨로 뜻을 담는다
1999년 12월
2000년 아침의 새 길
글귀가 챙겨지지 않는다
세상이 어떻게 변할지
누구도 모른다는 새 천년이라는데
두려움에 쌓인 나는
나의 좌표가 어디쯤일까
바쁘기만 하다. 불안스럽게

웅비사해(雄飛四海)
올 초에 쓴 글이다
그대로 써볼까?
너무도 밋밋한 허풍이 될 것 같다
내 스스로
컴퓨터 뒤켠에서 쭈그려 있다가
폐기물 더미에 쓸려
갈 것 같은데
공포의 늪에서 헤어나기도 가쁜데
불안과 초조에 목이 타는데
어디로 날아가자는 것인가

Ⅲ

살아온 삶의 값어치에
내 딴에는 값을 매기고
그 값에 매달려
미련을 떨구지 못해
자꾸만 밀어내지 말라고
약속을 구걸하는데

어린애의 맑은 웃음이
나를 손짓한다
나이를 떨쳐버리고
새 걸음마로 같이 가자고
손을 내민다
그렇구나
새 천년은 너나 없이
모두가 한 살인 것을
시작하는 마음으로
두드리자
역시 섣달은
설레고 또 설렌다

어느 날의 꿈

철마(鐵馬)가 움직인다
녹슨 상흔을 말끔히 지우고
은빛 열기로
철마가 움직인다

줄지어 오르는 사람들
떠드는 소리들이
숨가쁘다
보따리들이 등에서 요동치고
절룩거리는 아저씨, 창백한 아줌마
다들 고향길 나래에
깃을 편다

기적이 운다
고향에 가믄 집이 없간
밥이 없간

통일이 되믄 내 고향 찾아 가야디
한 맺힌 실향(失鄕)의
시 구절이 현실로 오는 건가

갑자기 기관사가 사라진다
구르던 바퀴가 멈추어 선다
소리들은 아우성이 되고
구르는 발버둥이
지진이 되어
땅이
하늘이 뒹굴며
곤두박질친다

안 돼,
멈춰서는 안 돼
허우적거리다보니
어느 날 꿈이었다

비

빗소리를 들으며
눈을 감는다
빛과 그림자를 지우고
살아온 지난 세월의 주름을 지우고

비는 내린다
쥘 수도 없고
쥐어지지도 않는
내 여윈 손바닥

기다림이 되어
그리움이 되어
비는 내린다

자꾸 자꾸 내리는
나의 몸부림

쏟아지는 기다림의 몸부림

피아골

I

저만큼이었을까
붉은 완장패에 끌려
골고다로 가는 걸음처럼
피흘리며 쓰러지고
쓰러지면서 피흘리던
민초들의 숨결이 밴 곳이
저기쯤일까

꾸부려 오르고
기어오르고
가파른 만큼
숨이 차고 목이 말라
잠깐 엎드린 사이
날아드는 총탄에

말없이
쓰러져간
젊은 토벌대원의 넋은
어디에 누웠는가
이끼도 끼지 않는다는
이 맑은 물에
그때의 한(恨)인들
지워졌으랴

Ⅱ

고이는 듯
퍼지면서
퍼진다 싶으면
토해내듯
콸콸거리며
쏟아지는
저 바위 사이에
다가오는 저 물살은
무엇인가

눈 비비며
다시 봐도
아, 그때 흘렸던
피들이 고여 쏟아지고 있구나

피하려면 더 바짝
도망가려면 더 빠르게
갈 데가 없어
발 담근 채 앉아 있는데
불길 위를 걷는 뜨거움에
발바닥이 확확 탄다
소리가 들린다
원통하게
떠도는 넋들이
새가 되었는가
새소리는 고함치고
새소리는 고막을 때린다

Ⅲ

산은 말이 없다
계곡도 말이 없다
나라가 지어준
국립 공원이란 명찰을
달고 있지만
나라가 있기 전
태곳적부터 있어온
산과 계곡인데
이 무슨 말이더냐
인간이 나타나서
나의 존재가 있을 뿐
내가 있어 인간이
존재하지 않는 걸 알면서
사람들과 무슨 말을 하랴
인간들아
뫼뿌리를 하나로 이어
막힌 백두대간 트게 하라
한길 큰 길에서

억울한 주검의
의미를 떨어내고
큰 노래로 떠나게 하자
그리고
이 계곡의 냇가에서
발을 담그자,
서늘한
마음으로

여의도 구석

굉음들이 기지개를 켠다
그 소리가 창을 두드리면
잿빛 여의도도
아침을 연다

굴러오고
굴러가는
소리, 소리를
너무도 익숙한
속임들의 유희
순결한 가슴에
멍은 깊고
따갑게 들리는 소리
나만 따르라
나를 믿고 따르라
침 마르는 소리

일기장

너를 대할 때마다
심각할수록
더 초라하게
흐트러뜨리는
너는 나의 무엇이냐

솔직함에도 주저가 없다
돌아 둘러대다
끝내 숨기고 마는
나의 망설임을
너는 알고 있다

언젠가는 누가 보아줄 것이고
꼭 보게 되리라는
계산이 깔려
꾸미고 다듬는

가식의 분칠이
역겨웠겠지
그래도 어쩌겠어
너마저 나를 밀어내면
서투른 곡예사가
줄 위에서 장대를
놓친 꼴이 되고 마는 나를

그래도 나의 중심은
너에게 있으니
오늘도 나는
너에게 기대어
하루를 정리한다

비밀을
망가뜨리는
공범자이기에
너를 피해 갈 수가 없다.

가운데서

방안이 매캐하다
최루탄이 묻어와 풍기는 냄새다
한 놈은 쏘다 묻혀왔고
한 놈은 피해다니다 묻혀왔다
어머니에겐 같은 냄새다

어느 날
어머니는 한 놈에게서
찢긴 옷 틈새의
물집을 보았다
또 한 놈은
절룩거림을 속이느라
뒤꿈치를 끌고
나가는 것을 보았다

한 이부자리에서

밤을 깔고 누운 두 놈
퀭한 눈 언저리
피곤한 분노가 서려 있다

가운데 앉은 어머니
두 놈의 손을 잡고
울고 있었다
속으로 소리쳤다
갈라져서는 안 돼
떨어져 눈 붉혀도 안 돼
괘씸해서
서러워서
내내 울 수밖에 없었다
우리 아들 갈라놓는 놈
그 놈들이 괘씸해서
눈 부릅뜬 채 울고 있었다

겨울 바다

파도도 머뭇거리는
세찬 바람 속
흐트러진 머리칼에
꽂히는 햇살
못 잊어
겨울 바다를 찾는다

전복, 소라, 해삼, 멍게
펼쳐놓은 포장마차 아줌마도
턱으로 말하는 추위인데
내밀어줄 손이 꼭 있을 것 같아
서성거리며 걷는 겨울 바다
언제나
너는 나의 기다림이다

오늘도

빈털터리의 방황
겨울바람에
연처럼 띄워
바다새에게 전하고
기다리며 걷는
겨울 바다

석류

청춘을 부수고
파열하는 입술
살며시 내미는
수줍음이 하도 싱그러워
일렁이는 침 속에
너를 삼킨다
알알이 새겨진
침묵의 사연
스치는 바람에
알몸으로
가을빛 햇살에
모두를 던져
너에게로 간다
너에게로 간다

달

저기 저 장독대
머무는 너는
어머니의 모습
답답한 가슴을
두 손에 모두어
늘 계시던
어머니 자리
소복이 미끄러져 내리는 달빛을 담아
어머니를 쳐다보는
나도 거기에 있다
그리움으로 우러러
저 달 속에

네 곁에서

지리산 자락
마지막 햇살이
던져주고 간
저 무거운 물빛

산정에 오를 때
태양에 부서지는
옥빛 물살이
내 더딘
발걸음을 재촉했는데
내려오는 길에 물빛은
너무도 속 깊어
발걸음을 멈추게 한다

아, 저 물빛
폐수에 찌들어 일그러진

도심의 얼굴들
씻어내며 신음하는
탄성이 남았다는 것만 해도
이 어찌 축복이 아니랴

바쁜 걸음들을 멈추게
할 수만 있다면
나 이대로 네 곁에 앉아
끝나는 데까지
이대로
잠들고 싶다

약육강식

TV를 켰다
떼지어 사냥을 하는
리카온 무리가
기어이 누우새끼를
물어 눕힌다
다음은 하이에나가 먹고
독수리떼들이 먹이 청소를 한다
삽시간에 뼈만 남고
다만 조금 전까지
살아 있었다는
붉디붉은 피가
뼈 위에 흔적으로 남을 뿐
약한 놈의 죽음은
이렇게 간단했다

토끼떼들이 사자에게 몰렸다

생존의 자유를 호소했다

사자는 이렇게 말했다
날카로운 이빨
사나운 발톱
우렁찬 소리를 가지라고
그러면 누가 너희들에게
덤비겠느냐고
그날도
그 다음날도
토끼는 죽어갔다

언제까지

또 당했다고 분해하면
그 형은 소주잔부터 내민다

임마,
당할 땐 철저하게
당해주어야 해

억울해서 취하면
술잔 뺏고 하는 말
임마 참을 줄 알아야 해

털어도 지폐 한 장 없으면서
언제나 부자라고 떠들어대던 그 사람
나는 받을 빚이 많아
그래서 이 세상에 제일 부자라고
큰소리치더니

기어이 그는 화장터로 갔고
받을 빚 남겨두고 떠난다면서
남긴 말 한마디
철저하게 밟혀도
기다릴 줄 알아야 해

자식 자랑

석양을 마주하고
노인 몇 사람 앉았다
다들 취해 있다
다리도 팔도
나뒹구는 막걸리병처럼
아무렇게나 흐트러진 듯
늘어져 있다
한 할멈은
서울 화장품 발라 예뻐졌다고
이웃 분이를 그렇게 부러워하더니
집 나간 지 십 년 넘어
소식이 없고
한 할아범 아들은
촌구석에 있으니
감옥에 가겠다고
홀러덩 집 떠나

지금까지 감감하다
서로의 처지를 모르는 노인네끼리
자식 자랑 늘어놓는데
효자 아닌 자식
하나도 없었단다
그러고 보니
우리는 다 자식 하나
잘 두었구먼
암 잘 두었고말고
늘어진 어깻죽지
지는 해에 걸어두고
한바탕 자식 자랑
늘어놓는다

세월아

봄이 오면
거친 네 손 안에
따스히 녹아든 꿈으로
동산을 거닐게 하라

여름이 되면
여윈 네 가슴에 안긴 태양으로
뜨거운 열정과 푸르름을
넉넉하게 하라

가을이면
샛노란 은행잎 입술에 물고
아픈 추억도 미소짓게 하라

겨울엔
꽁꽁 언 세상 속에

아직 살아 있다는
절규를 숨쉬게 하라

세월아
조용한 적막을 끊고
종소리처럼
인생의 종언(終焉)이
가까웠다고 이를 때

아직도
젊은 계절은
나를 떠나지
않았다고
외치게 하라

눈물의 포장

80년대 중반
영하 10도를 오르내리던 날
목도리를 푸는
아내의 손이
굳어서 어눌했다

언 배추의 표정 속에
심상찮은
냉기가 인다
쫓기는 아들을
몰래 만나고 왔단다

공동 변소를 낀
달동네 구석 외진 방에서 만났단다
라면 냄비 덩그러니
엎혀 있는 사과 궤짝 앞에서

아들의 손을 잡아보고 왔단다

뼈만 앙상한
메마른 얼굴로
'어머니 사랑합니다' 라고
웃더란다
나보다 몇 배 나은 자식, 내 아들

담배는 내 손끝에서
쉬이 떠날 줄 몰랐다

그날 밤
묵주를 들고 성경에 손을 얹은
한 어미의 흐느낌을 보았다
한없는 한없는 흐느낌의 물결

나도 울고 말았다
그날 아내의 눈물을
담아둘 수 있었다면
고운 사랑으로

포장하여
아들아
너희 가족에게
전하고 싶은데
그 눈물이
그 사랑이
그대로 전해질 수 있을까
피울음으로 매듭진
어머니의 속내를

이 길에 들어설 때

이 길에
들어서면서
꼭 하나
나에게 다진 마음이 있었다

새벽녘
저 별처럼
있을 곳에
꼭 있으리라는 다짐이었다

3공화국에서 무너졌고
4공화국에서 무너졌고
5공화국에서 또 무너졌고

정권이 바뀔 때마다 무너지고
성가신 걱정거리가 싫어서

협박하는 공갈이 무서워서
중도하차가 아쉬워서

축에도 못 끼일까봐 응달에서
이 눈치 저 눈치
눈 굴리다

팔랑개비되어 춤추고
그러다 보니
다 날아가버린 신념

이래도 끄덕
저래도 끄덕
알아서 기느라
무릎에만 군살 붙어

무리에 휩쓸려
예까지 왔는데
돌아가고 싶다
정말 돌아가고 싶다

까마득한 위치에서
손짓하는 나의 안타까움
옛날에 찍어둔
그 별은 아직도
그 자리에서
빛나는데

가을 계곡

단풍이
목덜미에서
가슴패기를 타고
계곡으로 흘러내리면
낙엽은 계곡에서
가을을 담는다

우리의 변화는
너무도 짧게 오는 것
어차피 가는 인생이라면
계곡에서 머물러 쉬어가자

들뜨지도 않고
설레지도 않는
차분한 마음을 열어갈 앉은 마음을 열어

낙엽의 빛깔로
계곡을 덮는
사랑하는 이여
여기서 가을 사람이 되자

이빨 조각

입을 벌리고
치과에 누워 있으면
왕 노릇을 하다가
죽어가는 사자의 모습이
떠오른다

잡아다 준
먹이도 씹지 못하면
사자는 왕 자리를
내놓아야 했다
그것이
자연의 순리,
이치라고 했다

지르륵 성성 지르륵
갈고 후벼

내 이빨이 갉아지는데
갈비와 쌈밥 한 입 가득히
씹어보는
순리를 거역하는 욕망

참 간사한
인간들의 지혜에
쓴웃음이 배인다

어느 날
길거리에서
입 안에 뭣하나 떨어져 뒹구는
딱딱한
이빨 조각이다

아무데나 던져버릴까
한참 만지작거리다 그래도 찻길을 피해
엉킨 잡풀 속에 던져주고 싶었다
사자가 허허, 하고 웃으며 지나갔다

노 을

찬연한 태양 빛을 거두고
어둠을 여는 서곡

인천 앞바다
고깃배 위에서
서해의 가슴에서
아름다움의 시작을 본다

오페라의 막이 오르듯
마감이 아니라
시작의 용틀임 같아서

잦아드는 설렘에
가슴이 뛴다
처절한 절망을 넘어
맘껏 토해내는

이 땅의 숨결이여

위선자의 울음

너는 울지 마
바람처럼 사라지길
그토록 바랐는데
왜 우는 거냐

능청의 가면을 벗고
너도 한 번쯤은
정직해보아라
이제부터 너는 네 색깔로 남고
사라져간
바람의 자리엔
그들만의 슬픔으로
남게 하라

진솔한 눈물은
언제나 얼룩을 남게 한다

위선자들이여
너는 슬퍼하지 마

바다에서 온 편지

I

뭍의 사람들아
바다에 다다라
이곳이 세상의 끝이라 여기는 민족은
쇠퇴할 것이고
여기서부터 세상의 시작이라
여기는 민족은
융성할 것이라던
어느 시인의 말을 기억하는가

바다는 청춘의 피가 끓는 곳
의기가 솟구치고
장쾌한 투쟁이 펼쳐지는
광활한 무대라고 일러주던
어느 사학자의 말을 기억하는가

그런데 어째서
너희들은
웅크리고만 있는 거냐
저 넓은 바다를 보기엔
너희가 너무 왜소하고
눈빛을 잃어
눈길을 떨구고 있는 거냐

고개를 들라
힘찬 팔뚝을 뻗어
넓은 가슴으로 나에게
달려올 수 없겠느냐

Ⅱ

언제 우리 민족이
바다의 겁쟁이더냐
옛적
신라 진평왕(587년) 때
대세(大世)라는 귀공자가

남해에 배를 띄우고
오월(吳越)로 떠났었다
그 뒤는 알 수 없으나
갑갑함을 뛰어넘어
바다에 묻힘으로
펼침이 있다는 믿음은
지금도 이 바다가
보듬고 있나니

중국의 산동(山東) 반도
일본의 북구주(北九州) 해안
남양(南洋)의 항구들을
전라도 완도(莞島)에 엮어매어
해상왕(海上王)으로 주름잡던
장보고(張保皐) 장군
비록 같은 민족이
후려친 칼에 목숨을 거두었으나
그 기상과 혼백은
이 바다와 함께
살아 숨쉬느니

누가 우리를 바다의 겁쟁이라고
이르겠느냐

공물 바치면서 무릎 꿇고
빌면서 짓밟히며
끼리끼리 찢고 갈라져서
문이란 문은 모두
안으로 빗장 질러
밭 몇 뙈기에
호미자루 땀 적시면
그것이 우리 세상이라는
우물 안 개구리 생각

우리는 잠시
바다를 잊었던 것뿐이다

그것이 이처럼 통한의 아픔으로
미어져 올 줄 몰랐던 것뿐이다

Ⅲ

바다의 기운(氣運)은
한 곳에 머물지 않는다
그리고 저절로 돌다 찾아오는 것이 아니다
세계의 판도는
이 기운에 따라
크기와 폭을 매겨왔는데
그것은 뭍의 사람들이 일구어내는 것

고대 페니키아인들이
배를 띄우고 바다를 누비면서
바다의 기운이
운무처럼 서리더니
지중해로 뻗어나가
그리스, 페르시아, 카르타고, 로마의
용틀임을 낳았으니
그리스가 창출한 헬레네 문화를
대제국(大帝國)의 기품으로 융성하던
로마의 탄생을 보았다

이 기운이 에스파냐로 가면
콜럼버스가
바스코 다 가마가
마젤란이
험난 파도를 타고
넓은 천지로 뛰쳐나갔다

스칸디나비아로 가면
바이킹의 용맹이 북해를 떨게 했고
영국에 닿으면
해가 지지 않는
나라가 되었으니

물가를 조심하라는 말만 듣고 살아온 우리들
무슨 힘으로 가난을 벗고
해처럼 솟을 수 있었겠느냐

스웨덴의 수도 스톡홀름에 가면
1628년에 건조된
한 척의 배

그곳이 바사(VASA) 박물관이다
진수하다 침몰되어
위력을 떨치지는 못했으나
바다를 향한
그때 그 사람들의
패기와 기상
그리고 그 위용은
우리를 부끄럽게 한다

한반도의 사람들아 알고나 가자
콜럼버스가
에스파냐 여왕 이사벨의 도움으로
먼 항해에 오를 때
우리 궁중엔
성종과 인수대비
폐비 윤씨의 갈등으로
지새고 있었다

바스코 다 가마가
희망봉에 다다랐을 때

피묻은 적삼에서
돋아난 연산군의 폭정이
또 한 번
피를 부르던 무오사화

마젤란이
태평양을 돌 때
조광조가 사약을 받는
당쟁의 연속
이렇듯 옴챙이들의
안방 노름에
바다를 타고 무엇이 몰려오는지
알기나 했을까
생각이라도 했을까

Ⅳ

배를 띄우고
그물을 드리워 고기를 잡던 바다는
닫혀져가고 있다

세계는 한치라도
내 바다 넓히기에
텃밭을 세우고
한일 어업협정에서
바다의 장벽을 보았듯이
그 장벽은 갈수록
높아져갈 것이다
그런데 보라
바다의 서기(瑞氣)가
우리 쪽을 향해 오는 것을
똑똑히 보라
미국이 누리던 대서양의 바다는
태평양을 향해
성큼성큼 걸어오고 있다

하기에 따라
그 기둥은
동북아에서 세워질지니
우리의 꿈이
우리의 웅도가

새 천년에는
우리의 바다에서 용틀임하리니

갈매기, 수평선, 등대
그리고 연락선의 쌍고동
구성진 항구의 엘레지로
바다의 낭만이라 부르지 말자
남양과 북양
백파도 삼각파도와 씨름하며
검붉은 얼굴
도전의 땀방울에
낭만을 심어야 한다

20피트 컨테이너 한 개를
태평양을 넘어 실어 나르면
승용차 한 대 수출과 맞먹는 이윤이라는데
한 배에 5천 개 넘게
산더미처럼 실려가는
컨테이너 배가
어찌 황금알을 낳는 거위가 아니랴

우리는 그 더미 위에
낭만을 얹어야 한다
땅에서 자원이 고갈되고
먹을 것이 궁핍하면
바다는 백억의 인구를
1백 년을 살릴 수
있다잖은가
어쩌면 천년을 채워도
다함이 없는 양식이, 자원이
저 바다 밑자리
가득 누워 있는지도 모른다

활화산처럼
늘 피가 끓는
젊은이들아
바다는
늙음을 모르는 푸른 가슴
풍만한 내 가슴에 달려와
희망의 빛살을 꽂으라
잠긴 자물쇠를 부수고

비틀거리는 역사의
지친 어깨를 다독여라
큰 물 일렁여
더 넓고 깊은 세상을 노래하라

조약돌

징용 떠난 지 30년 만에
고국 땅을 디디고
맨 먼저 하는 말
아, 내 땅
얼굴을 땅에 대고
비비고 어루만지면서
울고 또 울었다
너도 나도 따라 울었다

금강산 구경갔다 주워온 조약돌 하나
속초 땅 자갈 밭에서도 볼 수 있고
양주골 강변에도 있음직한 돌인데
어이해서 이토록 뜨겁게 달구는가
꼭 쥐어보고 살갗에 비벼봐도
놓고 싶지 않은 온기(溫氣)가 있어
그 안에 맺힌 것이

그리움인가
한(恨)인가

징용이야 나라 뺏긴
설움이라 쳐도
한반도는 내 땅인데
해방과 광복은 무엇이길래
같은 땅에 놓여진 돌 하나가
이토록 가슴 메게 하는가
남쪽의 돌들아
너도 느끼느냐
북쪽의 돌들아
너도 느끼느냐
같은 땅의 온기를

그 밤은 섭섭하지 않았다

강남의 밤은 더 밝았다
유리로 벽을 삼아
이어진 샹들리에의 손짓
그래서 강남은
젊은이가 숨쉬는 곳
늙음은 나이에서가 아니라
생각에서 온다는 말을 믿고
나도 탈을 쓰고 강남을 찾았는데
어느 곳도 반갑게
비워주는 자리가 없다

돌아서 오는 길
남산 밑둥이 보이는
카페에 앉았다
클라리의 음악이 그랬고 여인의 잔주름 미소가
이런 데도 있었구나

초로(初老)의 안도가 발을 뻗는다
그 여인과 주고 받으며
취하고 싶다
그날 밤은 서울의 밤이
섭섭하지가 않았다

지역병

어디 지식인만 그랬나
노동자도
종교인도
학생도
무릇 눈 바로 박힌
사람치고
군화발 정치를
좋아하는 사람
어디 있었던가

선거에서 보자고
이빨을 갈았는데
안 되더군 안 되더군
보통 때 표밭과
선거 때 표밭이
달라져서

지식인도 동서로
노동자도 동서로
종교인도 동서로

못난 사람들의 작단에
뜻 있는 사람들 한숨만 늘고
분통 치민 학생들
가슴만 들끓었지

못난 사람들 패거리에
오늘이 무너지고
내일이 닫히고 말더군

우리의 소원은 통일
꿈에도 소원은 통일
노래는 잘 부르더라
잘도 부르더라

기도

언제나 하듯
손 모아 눈을 감지만
기도가 되지 않는다
미운 사람 얼굴
먼저 떠오르고
쓸 돈 마련이 걱정되고
아들놈이 원망스럽고
느닷 없는
유행가 가사가
읊조려진다
대마(大馬)를 놓친
바둑판이 아쉬워오고
어제 본 여인의 얼굴이
떠오르는데
잡탕 비빔이 되어
눈을 뜨면

감을 때보다
더 허전해오는 나의 기도
고개를 흔들어 지우고 싶어도
밀물처럼 밀려오는 폐수의 홍수
분심(忿心)이여, 방황이여

내 어릴적
어머니는 장사 나가고
아버지는 동네 술판에서
곤드레가 되던
그 밤의 외로움
엎드려 빌 때
황금빛 밝음으로
응답해주시던 당신 음성
내가 너를 편히 쉬게 하리라
다시 눈을 감는 나의 기도

너에게만은 속아주고 싶다

거짓인 줄 알면서도
속아주고 싶다,
너에게만은

끊는다는 것, 너무 아플 것 같아
낡은 노끈으로
매듭을 맺어
풀어지지 않게
속아주고 싶다

미련스런 나는
언제나 너 앞에선
허허로울 뿐인데

너에게만은
무엇이든 속아주고 싶다

똥개 이야기

후미진 서울 뒤쪽 주정뱅이와 똥개가
한 식구로 살았다.

부잣집 개는 집 뜰에서 먹고 짖고 똥개는 동네 쓰레기
통 뒤져먹고 살았으니 개 취급도 제대로 못 받고 사는 놈
이다.

성한 사람도 땅바닥에 엎어지면 얼어죽을 영하 12도

똥개 주인 주정뱅이 남 담벼락에 곤죽되어 쓰러졌는데
냄새 따라 쫓아온 똥개가 주정뱅이를 살려냈다.

혓바닥으로 얼굴을 핥고 목덜미 털로 가슴을 비벼주고
추위를 몰아내려 멍멍 짖으며 꼬박 밤새워 주정뱅이를 살
려냈다. 그해 겨울 이 동네 서러운 사람들은 똥개 얘기로
겨울을 나고 있었다.

남의 밥 배불리 먹고

1959년 논산훈련소
봄이라지만 아직
찬 기운이 도는데

면회소로 가는 발길은
봄나비처럼 사뿐하다

친구 따라 나서면서
나는 누굴 보러 들뜨는가

갓 지은 쌀밥이
어찌나 꿀맛인지
밥장군이란 별명 가진
친구놈 붙들어
먹기 내기 걸어
체면을 세워두고

양푼을 밑바닥까지 긁고 나니
일어설 수가 없구나

그 자리에
벌렁 누워 남의 밥 얻어먹고
배부른 넋두리

고관대작
높은 빌딩
눈 아래 깔고 보니

우습게 잠이 기어든다
저기 구름 한 조각
내 한숨 거두어
어디론가 배 띄워간다

아카시아 숲 속의 소나무 한 그루

내가 사는 동네
아카시아로 덮인
야산이 있다

육, 칠월이면
제법 우거져
건너 오솔길도 가려진다

어느 날
한 여자가
저 숲 속의 소나무가
죽어간다고 했다

일러주는 대로 가보았더니
이게 어디 소나무랄 수가
비쩍 말라 껍질까지 떨어지고

가지들은
벌선 아이 치켜든 손처럼
옆을 모르고 서 있다

삭풍에도 꼿꼿하고
척박한 곳에서는
우뚝한 게 소나무인 줄 알았는데

요까짓 아카시아 덤불을
이겨내지 못하다니
어디서 왔는지
이름 모를 새 한 마리

맑고 맑게 살다가
바보처럼 훨훨 털고
세상을 떠난 사람의
부음 전해주고
저리로 저리로 날아간다

이별 그 후

모두가 끝인 줄 알았는데
벼랑에서 들려오는 소리
누구의 부름인가요

가진 것 다 타버려
재도 남는 것 없었는데
비집고 나오는 설렘은

누구의 불씨인가요
밤마다 마주한 촛불은
외로움이었는데

매무새 고치던 기다림은
누구의 약속인가요

파란 핏줄 위로

꺼져버린
젊음인데
메마른 갈증을
적셔주는 윤기는
어디서 전해오는
부활인가요

설법(說法)

옛날 유명한 선사(禪寺)의
설법을 들으려
모여 모여 꽉 찬 사람들에게
단 한마디 던지고 끝난 말
안횡비직(眼橫鼻直)이라고

눈은 옆으로 코는 똑바로라고
아는 소리 하나 마나
달리 해석이 없는
싱거운 말이었다

아침에 거울 보며
싱겁게 내 얼굴을 일그려
위치 변경을 해보았다

눈을 치켜보았다가

코를 눌러보기도 했다

내 반죽대로 얼굴 꼴이 된다면
정말 우습고 기가 차겠다는
생각이 든다

제 기능을 다 갖추고
있다고 해도
한마디로 그래
어디 얼굴이냐 싶다

위기에 빠진
나라를 구하기 위해
코가 이마에 붙고

도탄에 빠진
민생을 위해
눈이 코밑에 붙고
혼란을 막기 위해
귓구멍 입 구멍이

땜질을 당하고

그런 얼굴로
세계로 세계로
외친다면
세계의 눈
세계의 코
세계의 입 그리고 귀

얼마나 깔깔대고
배를 잡을까

있을 것은
있을 곳에 있어야 하고
할 것 안 할 것을
고를 수 있는 것이
바른 세상의 뜻이라고
거울에 낙서를 해본다

외로움

너는 가난으로 잉태됐다
언제나 허기진
창자 속
따뜻함을 모르고 살아온
대물림의 가난
내 속의 광은
언제나 비어 있고
마음마저 뚫려
더욱 춥다
사람이 그립다
정(情)이 그립다
언제나 가난한 사람에게는

교회 종소리

우리 집도
그 아이 집도
모두가 가난했다

밥만 먹여 키워달라며
우리 집에 온
그 소녀의
집은 우리 집보다
더 가난했나 보다

예배당 종소리가
울리던 그날 저녁
때 맞춰 밥 안 준다고
쥐어박고 구박 주어
나는 너를 울렸다

다음날 아침
울면서 너는 떠났다
가고 난 뒤라서야
우리 집에도 밥 지을
쌀이 없었다는 것을 알았다

기억하고 싶지 않은 일
아픈 기억에서
도망가려 해도
저 종소리는 나를 놓아주지 않는다
지금은 중늙은이
되어 있을 소녀
어디서 종소리를 듣고 있는가

고 향 · 1

맨몸 가지에
매달린 감빛 가을이
내 어릴적 고향빛 같아서
그 빛을 안고 싶어
고향길에 들어섰다

내가 살던 장터 모퉁이 집은
헐어지고
입 빨간 아가씨의 웃는 간판이
어쩐지 낯설다

외발로 건너뛰며
첨벙이던 냇가엔
포장이 너무도 굳은 색깔로
덮여 있고

어설픈 이름으로
무슨 가든, 가든의 연속
화살표에 멈춘
내 발걸음은
영락없는 나그네

대장간 집은
현대공구상회라는 간판으로 바뀌고
속 빈 화로가 너무도 차갑구나

돌아서 나오는데
약국집 흙 담장에
기대어 선 감나무 한 그루, 여윈 가지에
까치밥 하나가 매달려 있어
꼭지에 겨우 향수로 엮은
고향의 속삭임을
매달고 돌아섰다

고향 · 2

너희 집에는
유성기가 있어
좋았다

문명은 너희의 것이 되어
동네의 부러움이
너희 집에 몰렸었다

가락은 미쳐 미쳐
알아듣지 못할 소리로
고막을 흔들고

광란의 음률에 바보처럼
몸은 굳어져서
동네의 부러움은
너희

집에서 멀어지고
유성기도 목이 쉬고 말았구나

밤 개구리 합창에서
그리움을 접어
고향길 고개에서
쉬고 있는
너와 나

별꼴이제

어금니를 바득바득 갈면서
눈을 아래로 깐
지독한 사람이 있어

어느 날 어쩌다
큰웃음 한바탕 웃었더니
그것이 장안의
화제(話題)가 되더라

돈 자루만 흔들었지
풀 줄 모르는 노랭이라
어쩌다 밥값 한 번
치렀더니 잘 쓰던 사람
뒷전이고 노랭이 소문이
왁자지껄하더라

깨끗한 사람 모이자고
큰놈 작은놈 다 나서더니
정작 깨끗한 사람은
구경꾼 되고
큰소리치던 놈이 왕초 노릇
하게 되니

한탕 잘한 놈이 언제나
장땡이잡고 놀더라

눈이 오면

당신은 아름다운 용서
당신이 오면
꼭 용서를 받고 싶다
외투를 벗어던지고
아니 훌훌 걸친 것 다 벗어
차갑게 맨몸으로
당신을 맞고 싶다
살갗 밑에 점점이 박힌
오욕의 상처를
당신의 하아얀 가슴에 맡겨
눈부신 황홀로 일어설 수 있다면
그보다 더한 용서가 있겠는가
함박 맞으리
한순간을 넘어
걷히지 않는 약속으로
얼리고 얼려서

오래오래 갖고 싶은
당신의 자비
당신의 용서

길을 찾아

머리가 지끈거릴 때
나를 가둔 우리를 벗어나
또 하나의 나를 만들어
다른 데로 띄우고 싶다
욕망을 떨쳐버리고
배회하는 무위(無爲)의 상념(想念)으로
날면서 노래하고 쉬면서 노래하는
해탈의 자유를 갖고 싶다
외딴 곳의 나무,
고독한 빛의 꽃잎,
길 잃은 강아지들의
벗이 되어 어떤 비웃음도 이겨내는
나만의 승리감으로
고집스런 구도승(求道僧)이고 싶다
그 세계로 가는 길을 나는 아직 찾지 못하고 있다

허풍쟁이

부모로부터 받은 이름은 풍(豊)인데
남에게는 풍(風)이라고 소개한다
하필 성도 허씨라 허풍스런 이름이기도
하지만 딴에는 풍류기를 얹어
멋을 풍기려 애쓴다
허허벌판에 바람처럼 왔다가
바람과 함께 사라지는 자기 인생의 표현이라나
어쨌거나 허풍꾼, 허풍쟁이, 허풍 선생 이렇게 늘어놓
고 볼라치면
어감으로나 살아가는
모습에서 아무래도 허풍쟁이가 어울린다
그렇다고 같은 풍자돌림이지만
북풍(北風)이다,
총풍(銃風)이다,
세풍(稅風)이다 하여
미쳐 돌아가는

그런 풍자와는 거리가 멀어 다행이다

술을 마시면 잔뜩 취하는 것
분위기보다 담배가 우선하는 것
조심하라는 것에 반란을
일으키는 것
일부러 정한 지침은 아니지만
고집스럽게 버리지 않는 취향을 갖고 있다

술 담배를 끊으라는 건강상담소의 충고
병원 가는 것
《명심보감》이나 《전도서》 같은 것을
선물로 받을 때 그를 어색하게 하는 것들이다
무엇보다 신나는 일은
백 세 넘은 노인이 아직도 술 담배 좋아한다고,
 TV에서 말할 때 커피가 항암 효과를 일으킨다는 단신
을 오려서
 녹차만 마시는
 친구에게 내밀 때
 어려운 문제를 도와주는 선생 같은 모습이 천진스럽다

그러던 그가 풀죽은 입맛을 자주 다신다
소주 시키면 친구들은 사이다 찾고
친구 사무실에도 시원하게 한 대 피울 수 있는
공간이 허락되지 않아 오소리 잡는
굴 같은 데로 내몰리는 소외,
길고 짧은 건 견주어봐야지,
더 살고 덜 사는 건
다 제 팔자 소관인데
TV에서 나왔던 백 세 넘은 그 할아버지
그 할머니는 어디 별종이었단 말인가
넋두리는 점점 심각해진다
그래 내가 있어줄게 소주잔을 마주치며
허풍쟁이에게 가까이 가는 나는 무슨 쟁이인가 ?

실명아(失名兒)

전쟁이 너를 낳았다
파란 눈 곱슬머리가
서럽게 어미를 울렸다
우리를 울렸다

이름도 없이
고아원 담벼락에
놓여진 생명
무슨 원죄(原罪)가 있어
이렇게 버려져야 했던가

머리카락이 빨강, 파랑, 노랑으로
세태(世態)를 물들이고
눈두덩에
시퍼런 요괴들이
유행을 따라 춤을 추어도

아이들아
찢어지는 치마폭에
피를 토하고
희멀건 눈으로
땅을 쥐어뜯던
우리들 어머니를
잊어서는 안 돼

혼(魂)마저
짓밟힐 순 없다고
몸부림치던
역사의 그늘을
잊어서는 안 돼

그리움

만나고 싶고
찾아보고 싶고
가지고 싶고
생각 끝에 다 훌훌
던져버리는
아쉬움
정직한 슬픔으로
언제나 맴도는
마음의 나그네
흔적이 없는
마음의 그림자
그리움이여

고백

너를 보면
해일이 일고

너를 보면
불기둥이 되고

너를 보면
노래가 되고

너를 보면
파시(波市)에
가로등 되어

도무지 나도 알 수 없는
병 앓이에 날마다
밤을 넘긴다

우리 같이 사는 세상

못된 심보도 많다만
녹슨 대못이
박혀오듯
쓰리고 아파
비명도 없이
신음하는데
나만 즐거웁다고
그것이 정녕 내 몫이라고
뻐기고 배 내미는
그 심보는
얍삽하고 제일 추잡한
도둑놈의 심보지

혼자라는 건 외로운 것
더러운 심보들을
외롭게 만들려면

가녀린 어깨를
우리들만 걸고 가는 것

까치

아버지가
남기고 간 수첩 구석에
적혀 있는 두 줄의 글

네가 와 아침을 깨우니
오늘은 아이가 오려나

태어나 뛰놀던
절간 옆 동네에서
이 세상 끝이라
외로움 달래며
여위어가던 병 속의 아버지

나뭇가지에서
네가 떨구는 소식
떠돌이 자식 발자국 소리

행여 들릴까

가냘픈 기다림에
너는 날고
오늘은
수첩에 와 앉아
나를 울리고
또 어느 기다림 속으로
날아가는가

내가 떨고 있는 것은

떨고 있는 것은
못된 짓을 한
죄책감에서라기보다

못된 짓을 용서하는
잔잔한
너의 눈물에서다
미소가 어린
눈물을 보았기 때문이다

먹구름

성난 하늘의 얼굴
솜털 같은 구름도
화가 엉키면
저렇게 되는가

번개, 천둥, 벼락
장대 같은 폭우
모든 걸 쓸어갈 듯
우르르 쾅쾅 솨아
그러면서도 되돌려놓는

용서와 자비
태양을
품고 있기 때문이다

자연으로

망가질 대로
망가진 몸둥이에
보석으로 치장한

늙은 창녀의 호들갑
그것은
찢어지는 슬픔이다

파헤치고 뒤엎고
메우고 무너뜨려
축복이란 축복을 다 팽개친
주검의 잔을 들고
웃는 잔치여

돈벌레가
갯벌의 속을 알랴

절며, 신음하며
침침하게 침몰하는
내 땅이여,
바다여, 하늘이여, 산이여, 강이여
사람들아

늦기 전에 더 저지르지 말자
주검의 잔을 누구에게
물려주려고 망설이느냐

왕초

갈대밭 속에
소리들이 움틀대더니
그것들이 커지면서
큰 바람 되고

바람은
큰 새를 낳아
높이 높이 날아올렸다
공중에 놀던 작은 새들이
놀랍고 떨려
아래로
도망을 쳤다

큰 새 낳은 갈바람은
잠들고
그 틈새로

작은 새들이
몸을 숨겼다

큰 새는
놀아줄 새도
떨어질 새도
다 잃어버렸다

나래 접고 쉬려 해도
앉을 곳도 없는
텅 빈 공간

갈 길을 찾아보아도
바람들이 지나면서
다 지워버렸고

소리 찾아 두리번거려도
작은 새들이
이미 다 삼켜버려
큰 새는 외롭게 외롭게

빙빙 돌아 혼자 떨어져갔다

그 뒤 작은 새들은
소리들이 움틀거려도
바람을 피해
작은 새 그대로 살기로 했다

좋은 사람 신상우, 반성과 질문의 편린들

시는 새벽에 일어나는 사람이 쓴다. 밤을 밝히는 사람이 소설을 쓴다면 시는 새벽을 밝히는 사람이 쓰는 듯하다. 신상우는 새벽에 일어나는 사람이다. 정치를 직업으로 갖고 있는 사람으로서 시를 쓴다는 것이 상상이 안 되는 상황에서 그가 시집을 냈다. 새벽에 일어나는 항상 깨어 있는 사람으로서만 가능한 일이다.

더구나 그의 시의 내용은 감동적이다. 더할 나위 없이 아름답고 세련되고 다듬어져서가 아니라 그 반대이기 때문이다. 있는 그대로의 다듬지 않은 원재료 그대로이기 때문이다. 그렇지만 정말로 맛있는 음식을 만드는 비결은 단 한 가지, 재료가 싱싱하고 좋으면 되듯 그의 재료는 더없이 신선하고 질이 좋다.

그 이유는 한 인간 신상우의 살아가는 삶, 정치인으로서 그의 직업 정신이 시들지 않았고 부패하지 않았기 때

문일 것이다. 나는 그를 그와 어려움을 함께 했던 비서진의 입을 통해 취재(?)했다. 오랜 그의 정치 이력이 말하듯 그를 거쳐간 이들도 수없이 많다. 거의 모두가 또렷하고 뛰어난 이들인 만큼 이 사회에서 이미 '한인물'을 하고 있다. 그들은 나와 같은 세대인 만큼 우리끼리 툭 터놓고 솔직하게 이야기할 수 있었다.

그의 이야기가 나오면 내가 아는, 그를 거쳐간 젊은이들은 이렇게 말했다.

"신상우, 그 사람 참 좋은 사람이야."

"그 양반, 귀여운 데가 있는 사람이지."

"그 사람, 순수하고 착한 사람이야."

자신을 보좌했던 이들에게 이런 평가를 받는다는 것이 얼마나 어려운가를 나는 알고 있다. 원래 사람이란 주변 사람에게 우습게 보이게 마련이다. 대개 남자들은 불평하길 "밖에서는 나를 괜찮게 보는데 왜 당신은 그렇게 나를 우습게 봐?" 하고 마누라에게 묻는다. 물론 아내 입장에서 보면 남편은 영원히 '물가에 내놓은 어린애' 같은 존재이기 때문이다.

그뿐인가. 영국을 호령했던 헨리 8세도 자신이 데리고 있던 최측근 시종에게 꼼짝을 못했다. 그래서 '시종에게 존경받는 왕은 없다'는 말을 만들어냈다. 있는 것 없는 것

다 보고 알게 되는 이에게 좋은 말을 듣기란 너무나 어려운 일이다.

그럼에도 신상우가 '좋은 사람'이고 '귀여운 사람'이고 '착한 사람'으로서 기억되고 평가되는 것은 대단한 일이라고 나는 생각했다. 그것도 모든 것을 다 아는 전직 보좌관들에 의해서 말이다. 최다선 의원으로서 신상우를 계측하지 않더라도 이 정도 평가를 받는다면 그의 정치 인생은 일단 검증받은 것이 아닌가 생각했다.

물론 내가 아는 범위에서 신상우는 '아주 괜찮은 사람'이었다. 예를 들면 매서운 추위가 몰아치던 겨울날, 얼굴을 내밀면 아주 득이 되는 정치인 모임을 마다하고 출판사에서 기획한 야외 콘서트에 와서 두 시간을 부들부들 떨면서도 더 없이 즐거워하는 모습이라든가, 정치인과 텔레토비는 동종으로서 '사람도 아니고 같은 말만 되풀이하는' 청산 대상이라고 생각하는 나 같은 사람에게 은근히 만만찮은 독서량을 가늠하게 하는 인물이기도 했다. 또한 앞으로 한국 정치에 대해 정말로 곰곰이 생각하고 진지하게 고민하는 모습을 보여줘 그래도 나 같은 순수한 유권자의 가슴을 쓸어내리게 하는, '정치인으로서 상도의'를 보여주는 사람이기도 했다.

그러나 신상우가 진짜 괜찮은 사람으로 생각된 때는 술

자리에서였다. 사람은 술을 통해 많은 것을 이야기한다. 그는 술자리에서 남을 정말로 즐겁게 한다. 왜냐하면 그 자신이 즐겁고 행복하기 때문이다. 아무런 생각 없이 그저 마음 편하게 술만 마시면 되는구나 하는 생각을 갖도록 분위기를 이끈다. 나는 개인적으로 술자리에서 '사심' 없으면 다른 데에서도 '사심' 없는 사람이라고 생각한다. 실제로 대한민국의 술자리란 다 접대요, 로비요, 술수의 판이 돼버린 마당에, 그래도 신상우는 술자리 본연의 기능을 기억하고 있는 사람이기도 하다.

이제 21세기이다. 변하지 않고는 살아남을 수 없다. 이 땅의 정치인들은 '내가 과연 21세기용인가?'를 물어야만 한다. 과연 내가 이 땅에서 정치라는 것을 하는 일이 엄청난 변화와 도약을 예고하는 21세기 대한민국에 걸림돌이 되지 않는가를 조심스럽게 물어봐야 한다.

다행히 신상우는 내내 스스로에게 그런 질문을 해온 사람이다. 그의 시 한 편 한 편이 바로 그런 냉정한 자기 질문이며 자기 반성이다. 그리고 끝없이 새로운 변화를 꿈꾸는 그의 희망을 담고 있다. 글처럼 그 인간을 적나라하게 드러내는 것은 없다. 실오라기 하나 걸치지 않은 알몸으로 사람들 앞에 서는 일이다. 신상우는 21세기 한국을 향해 한 권의 시집으로 과감하게 자신을 드러낸 셈이다.

이 시집, 한마디로 21세기에도 우리 곁에 정치인의 이름으로 존재할 신상우의 경쟁력이다.

－전여옥(방송인)

소리가 있어야 할 곳에 소리를 있게 하라

첫판 1쇄 펴낸날 · 2000년 1월 14일

지은이 · 신상우
펴낸이 · 김혜경
편집주간 · 김학원
기획실 · 김수진 조영희 선완규 지평님
편집부 · 한예원 임미영 고연경
디자인 · 김진 이열매
영업부 · 이동흔 엄현진
제 작 · 김영회
관리부 · 권혁관 임옥희 윤혜원
인 쇄 · 백왕인쇄
제 본 · 문원제책

펴낸곳 · 도서출판 푸른숲
출판등록 · 1988년 9월 24일 제11-27호
주소 · 서울시 서대문구 충정로3가 270
      푸른숲 빌딩 4층, 우편번호 120-013
전화 · (기획실) 362-4457~8 (편집부) 364-8666
      (영업부) 364-7871~3
팩시밀리 · 364-7874
http://www.prunsoop.co.kr

ISBN 89-7184-264-4 03810

✽ 잘못된 책은 바꾸어드립니다.
✽ 본서의 반품 기한은 2002년 1월 31일까지입니다.